바람 너머 당신

덤이

아산시 영인산 휴양림

아버지 어머니와 함께

2023.3.22.

덤이

덤이

바람 너머 당신

활동의 모범을 보여준 김윤조 선배님과 함께. 2023.1.5.

강현만 시집

차 례

하나

둘

셋

발문

강현만 kanghm21@hanmail.net

하나,

고독한 싸움

비스듬히 밝아 오던 아침이 시름시름 앓았다 천장과 벽은 밤
사이 치열함을 증거 하듯이 찌그러져 있었다 거미줄처럼 얽히
고설킨 관계 속에서 녹아내린 가슴은 방향을 잃었다 별은 에
너지를 분출하고 아침과 밤 그 사이는 오열이 차지했다 화려
한 태양의 일상은 시커멓고 짙어 길다

바람 너머 당신

오늘에 나는
스산한 바람이 부는
내가 사랑한 나무는 두터운 상처 껍데기
봄여름가을 지난 세월이 서러워
껍데기 조각조각 상처를 싸안았을까
쓸쓸한 중에도 한 줄기 바람은
나만 쫓아 부는 데 여념이 없고
쓸쓸한 중에도 한 줄기 바람은
바람 너머 당신만 바라보고
봄여름가을겨울 헤일 수 없는 세월이 서러워
껍데기 조각조각 상처를 덧대고 덧대었을까
덧댄 바람 너머 당신이 바라보는
스산한 한 줄기 덧댄 바람
그 자리 오늘도 나는

신선의 경지

신화 속 그는
돌도 씹고 쇠붙이도 잘근잘근 씹어
돌아서면 먹거리에 손이 가는
강철 소화 용가리 통뼈였건만
머리 조심 관절 조심
고기 몇 점에도 하루가 든든해지는
힘도 수이 서지 않는
바야흐로 몸뚱이만큼은
새 세상
신선의 경지

소심한 하루

순서를 잡았다
딱히 이유는 알 수 없다
쏘맥 한 잔 그리고
맥주 한 잔 이어서
쏘주 한 잔이다
알 수 없는 시간의 한 토막을
지나기 위해
뻥 뚫린 초췌한 별의 끝을 붙들고
술기운으로 채워 넣은
삭 너머 희망의 하루
소심한 용기가 펄럭이고 있다

오늘 하루를 포도시 살아내는 용기

차가운 냉기로 몸뚱이는 돌돌 말리고
가슴팍을 부수는 오들오들 찬바람이 물었다
너는 왜 사냐고
나는 살아있으니 꼼지락거린다고 했다

세상이 타는 뜨거운 밤이면 죽을 것 같아
머리를 뽀개는 뜨거운 바람이 물었다
너는 왜 사냐고
나는 살아있으니 발버둥 친다고 했다

인간은 인간으로 존엄과 가치이므로
세상 모든 구속과 억압 지배의 사슬을 끊어내기 위해
사랑하고 죽어간 이들이 있기에
나는 살아있으니 사랑을 노래한다고 했다

찬란하게 포장된 진영과 논리는 지배의 사슬이라
내 짐은 시궁창에 뒹구는 부끄러움과 염치
가진 것은 맨주먹에 함성과 깃발이라
나는 오늘 하루를 포도시 살아내는 용기에 떨고 있다

꿈을 꾸는

50대의 바람이 흐르고
60대의 구름이 나르는

한 달이거나 두 달이거나
영혼이 사랑을 부르고
사랑이 영혼을 부르는
맞닿은 합장에 새소리 지절대고

견우와 직녀가 부러워할
존재의 영역을 그려가며

언제든 시원시원 호쾌하게
언제나 꿈을 꾸는

어린놈은 그때

용선아,
어린 그놈은 무에라 그리도
함성과 욕을 질러댔을까

잘게 때로는 뭉텅이로 흐르는
거칠고 황량하게, 슬프고 외롭게 흐르는
그놈이 가진 세상의 흐름 속에

하굣길 초딩 3학년 그놈은
무엇이 좋아라
바락바락 악다구니를 질러댔을까

신나게 죽어라 퍼붓던 욕설에
희희낙락 세상을 다 가진
세상이 가진 어린놈이라니

조그만 두 놈이 함성을 바가지로 던졌고
학교도 다리도 그 무엇도 부서지지 않았다

짱돌과 화염병은 아니었지만
두 놈의 웃음만이 구름을 타고 놀았다

못

네가 가지고
내가 가지고

그만큼의 도량으로
지친 허기로 깨우쳐 가는

티끌이 우주 속에 놓이고
죽음이 생명을 노래하는

도를 닦고 내공을 쌓는
신선의 설레임으로

티끌보다 작고 우주보다 큰
시퍼런 작두를 타는

청춘 너무 아픈데 아플 수 없는

아들이 신호를 보낸다
나는 신호에 응원을 담는다

누군가 나에게 빨간약과 파란약을
내민다면 반반 먹으리

빨간약은 현실을 살아가는 수단으로
파란약은 숨 막히는 현실을 직시하는 것으로

초라한 내 모습이지만
그대로 주저앉는 무너진 슬픔일 수 없고

세상이 건넨 공황장애 우울증 이인증 정신증
넘어져도 포기할 수 없는 바람이기에

내가 세상의 주인공이고 최고라 믿으며
바람 불며 가는 반반의 약

살기에 사는 절대 아닌 절대를 두드리면서

하루가

비가 새를 피하고
멍하니 하늘을 졸리우고
길을 고개 숙여 걸리우고
시장통에 사람 냄새가 노을 속에 비칠 때면
사람 사는 세상이 돌아와
전태일이 오고 5·18 영령이 가고 박종만 박영진 박혜정
김세진이재호 양성모 박경진 정영철 이남종 정원스님 조영삼
그리고
인혁당 통혁당 남민전 장기수
너와 내가 부둥켜안을 때
머얼리 만적이 정여립 홍경래 그리고
동학농민 전봉준 의병들 신돌석 김산 주세죽 나혜석 이현상
한라산의 비명과 고문 죽음 위에 또 죽음 세월호
죽어간 동지의 뜨거운 눈물
사람을 만나고 책을 읽고 사랑하고

어머니 해맑은 웃음 두려움 없이 싸워나가리
그렇게 흥얼흥얼
평등으로 해방의 하루가 물들어 가고 있다

교과서

어머니

교과서 옆에 참고서 그 옆에 학원 그 옆에 과외선생
그것도 부족하면 족집게 고액과외선생 그것도 아니다 싶으면
해외유학에 덕지덕지

교과서면 충분해요 에이
누가 참고서 이런 것 보면서 공부하나요
그렇게 뻔한 집안 살림을
교과서는 챙기곤 했다

교과서가 아니면 안 되었나
교과서가 뭐라고 그리도 챙겨 갔을까
그리 산다고 누가 알아주는 것도
상을 주는 것도 아니련만

교과서가 어디 쉬운가
한눈팔지 않고 정도를 지키는 것이 보통 일인가
하물며 그 교과서 지키자고
깃발 들고 팔뚝질에 짱돌에 꽃병에 함성에

젊은 날 한 때로 광을 파는
지나간 것은 교과서요 남은 것은 현실이라

내로남불 위선과 가식에 얼라리꼴라리
부끄러움과 염치는 교과서가 느껴야 하는지

인생이 교과서이고 교과서가 인생이지요
좋은 머리 가방끈 길면 뭐 다요
더럽고 추하려니 그냥 교과서로 살지요
교과서로 살라고 했지요

교과서로 살아요, 어머니

당신의 주의는

나는 하나님주의자요
나는 부처님주의자요
나는 공자님주의자요
나는 사회주의자요
나는 공산주의자요
나는 공동체주의자요
나는 계급계층 차별 없는
사람이 함께 사는 모두가 고루 평등한
행복한 세상을 바라는
나는 이상주의자요
개인의 자유와 민주가 억압받지 않는
프롤레타리아 독재라는 이름으로
독재나 폭력이 요구되지 않는
전체주의 파시즘이 아닌
풀뿌리 풀이 주인 되는

그런 세상
자본과 권력을 거머쥔 대의제 몇이 주물럭거리는
부르주아지 선거판이 아닌
풀의 정치와 통치에 기반한
직접민주주의 그런 세상

추첨과 보충성 연방제를 골간으로 하는
직접민주주의, 마을연방민주공화국

그 주의는 개뿔

하나님부처님공자님막스님사회님공산님공동체님
차별 없는
휴머니즘 민본 평등 세상
자나 깨나 그런 임

개작두는 어디 가고

제목이야 개작두이지만
어디 그뿐이랴

강수연은
돈이 없지 가오가 없냐며
그늘진 곳에 시선이 가고 챙겼다는데

너흰 말빨에 글빨깨나 빨아댄다며
휘젓는 시인 소설가 교수
먹물 찬 지식 나부랭이들 꼴이라니

겨우 한다는 짓이 오십보백보
수구 보수 자본 권력에 아첨 비굴이라
도대체 네놈들 소갈머리에 풀의 자리는

민생이니 풀의 사상은
시궁창 어디쯤 처박아 놓고
자본과 권력에 빨아대다 못해 좀비 진화라

능지처참에 멸문지화 시절도 아닌
알뜰살뜰 챙겨 살만한 복락에도

이 무슨 추하고 더러운 영혼이라

개작두는 어데 가고

자욱

이 자리까지 달아오르기 위해
나는 얼마나 애를 썼는지 알 수가 없다

그런데도 나는 또 깊은 한숨과
자괴감에 휩싸이고

분명 좀 전까지 또렷한 기억에
그리고 재차 삼차

그런데도 나는 또
헤일수 없는 낭패와

헤일수 없는 욕바가지를
다시금 뒤집어쓰고

수없이 당하는 아찔함에도
새삼 푸닥거리 위로를 달고

새삼 바로 기록하지 않으면
손모가지를 자르고 말 것이라 입맛을 다신다

사막

어디에 있을까
하늘 맞닿아 곱디고운 모래는 어디쯤 있을까

축하할 일에 축하하고 슬퍼할 일에 슬퍼하고
축하와 위로 나눔과 연대의 기운은 어디에 있을까

없는 살림에도 변변치 않은 밥상이지만
정성을 담아내던 그 손길에 정은 어디쯤 있을까

GNP GDP가 오르고 정치경제군사 각종 대국이 되면 어떨까
대졸 석박사가 발에 차이고 버려지는 음식이 넘치면 뭐 할까

손 하나 까닥 몇 글자마저 나르지 못하는
그 바탕 언저리 심사는 무얼까

하늘 맞닿아 곱디고운 오로라의 모래
눈물에 타버린 오아시스

가을하늘

나는 새삼 푸른 가을하늘에 젖어 기념하고 싶어졌다

가을 하늘은
맑다 푸르다 높다 가깝다 넓다 고요하다 깨끗하다 시원하다
살랑인다 따스하다 하늘거린다 구름 햇살 솜사탕 두둥실
평화롭다 풍요 이해 사랑 희망 그리움 젖는다
그리고 목이 짧아서 다 적지 못하는 찬란함까지

가을하늘에 청아한 존엄과 가치가 있다
내 눈과 가슴 피부까지 존엄과 가치를 느끼고 있다

피지배 피압박 사람의 아름다운 세상을 불러오는 가을
세상이 아름다워지는 일에 춤추고 노래하는 가을하늘

기, 에너지

그러니까 서양은
기를 이해하지 못한다지
몸속 알파와 오메가를 스치듯 차고 넘치는
허준의 침술을 이해하기 어려웠다고
낭만주의 합리주의 공리주의 온갖 이성을 들이미는
서양은 알 수 없었다지
칼로 찢고 헤집고 자르고 꿰매고 떼어내고
그래야 하는 서양은

근데 글시 나는 그런 서양이
신기하고 놀라워 웃음이나
그렇게 이성적이고 문명을 앞세우는 그들이
왜 그렇게 많은 신은 만들어서
그리스로마 문명이 세계문명이라고 설레발인지
그 이성에는 그 이상하고 묘한 신들이 그리도

합리적이라 비출 수 있나
당췌 해석하기가 쉽지 않아

그것도 모자라 서양은
노아의 방주니 모세의 기적이니
이상한 유대교에 인간이 신이 되었다는 예수까지

참 이상한 일이 아닐 수 없어
신이 되었다는 예수도 모자라서
교황신까지 만들어 받들고 호들갑이라
이성 속에 신은 제국주의 서양을
영원히 호위하고 보위하고 영생불멸이라

신기하고 놀라워 알 수 없는 이성에
나는 침을 놓아야겠다
나눔과 정이 기, 에너지가 되는 놀라운 변화
차고 넘쳐 발가벗은 바람으로

라묘

할머니할아버지 오늘은
새로움으로 단장하는 날

굴삭기도 바람의 기운을 쫓아 살랑이고
나무 소리 새 소리 고즈넉하니

소복이 담긴 할머니할아버지
어머니아버지 인사하고 혼백도 하고

햇볕 잘 드는 모양성 남쪽 바람에
춤사위로 소리 울리니

만남과 이별과 인생과 삶의 구비가
아라리 아라리요 못내 아라리요

시인의 참회록

만 24년 1개월을
무슨 기쁨을 바라 살아왔던가

시인은 무엇이 그리도 욕되고
부끄러워 온몸으로 거울을 닦아야만 했을까

만 58년 8개월을 살아버린
나는 어디를 걸어가는 운석에 거울이 되었는가

청동거울에 비경은 꺼내지 못하고
푸른 녹에 이끼만 끼우고 채우고 있는가

시인이 살았던 목숨의 두 배를 훌쩍 넘어
십 년을 덤으로 닦아도 부끄러운 거울

어제도 오늘도 내일도 그 찬란했던 날에도

청동거울에 비친 푸른 녹은 하늘 높은 줄 모르누나

추석에

태풍을 타고 강철도 집어삼키는 청춘에
끓는 피조차 주체할 수 없는 젊음은 그래야 한다지만

휘영청 빨간 추석, 결실의 황금 들녘이 아쉬워
너는 기어코 병원을 찾아야 했고

노력에도 밤은 쉬이 잠들지 못하고
하얀 햇살은 무거운 마음을 불러 누른다

무엇이 너를 그리도 흔들어 고통스럽게 누이고
그만했으면 바람에도 병원을 두드려야 했을까

좀처럼 돌려세우지 못하는 심장은
2022 추석이라 풍성한 소음조차 비켜 세우고 있다

십자가

뻔뻔하고 덧댄 두께에
부끄럽고 염치 바른 하나를 얹은
십자가

알 수 없는 어느 때에는 차마
바라볼 수 없는 성스러운 후광에
십자가

덧칠이 두꺼워지면서 본래의 모습은
사라지고 위선과 탐욕 속에 패대기쳐진
십자가

시가 늘그막에 뻔뻔하고 덧댄
두께로 종종거리는 부끄럼과 염치로
십자가

뻔뻔하고 부끄러운 수많은 갈림길에서
사람 살기에 바람을 짊어진
십자가

둘,

우이동 가는 길

바람과 별과 구름과 달이 속삭이던
걷고 또 걷고 뿌리를 찾아가는 시인처럼
쥐어짜고 비틀린 길가의 영혼

바람이 만들어질 때 이런 느낌이었을까
흐려진 구멍이 커서 느낌마저 채울 수 없는
우이천 인수봉 백운대 만경대 자운봉아

이제는 폭발해 산산이 흩어져버린
흔들리는 수레바퀴 흔적들
저녁놀 따라 길게 흔들리우고

둘로 노래한 수많은 가지와 줄기
사랑은 빅뱅이 되고 세뇌의 흔적은 찢겨
솔밭공원 백운시장 흔적 위에 자리한 십자가

믿는 것은 자유이나

믿는 것은 자유이나
칼이 어디 다 똑같은 칼이랴

믿는 것은 자유이나
대동강 물을 팔고 코를 베어 가고
사기는 태초를 잉태하고

믿는 것은 자유이나
부끄럽게 추하거나 더럽게 염치는 말고
탐욕에 넘어지지 말고

믿는 것은 자유이나
만백성의 기름과 피, 눈물이니
무지, 차마, 그 욕됨의 역사는 말 것을

시인의 놀이터

재수가 없다
하고 많은 중에 우물이다

왜 이리 깊은지 누구도 알 수 없다
알 수 없는 너머 그만이 알지 모른다
깊다고 불평할 이유는 없다
이곳에는 뭐든지 풍족하다
먹을 것은 생각만으로도 산더미처럼 쌓인다
수영장에 요트장에 오락기구도 많다
그러고 보면 재수가 많은 것인지 모른다

하늘이 하나다 문제는 하늘이다
우물의 깊이는 하늘을 더욱 노랗게 한다
아쉬울 것 없이 물들고 있다
오직 하나이고 보이는 것에 신화를 쓰고 있다

깊고 좁은 하늘을 우러러 놀라운 작품이다

시궁창을 덮어쓰고 노니는 우물이다
재수가 없다

서울공화국

대한민국은 서울공화국이다
서울공화국은 대한민국이다

그리고 들러리

시인은 해체

FTA와 사드와 국가보안법

들어라 외침을

들어라 일제의 치안유지법
들어라 분단의 국가보안법

이명박의 fta는 나쁜 fta 노무현의 fta는 착한 fta
박근혜의 사드는 나쁜 문재인의 사드는 좋은

그렇게 좋다고 그 틈을 물고 빨고 좋아라 죽는
시인 소설가 예술가 교수 전문가 지식기술자
말라 죽어버린 길 건너 지렁이 같은 글 쪼가리

강정은 강건하고 평택은 파인땡큐
소성리는 잡새 군화소리 징허고
허접한 반일전선에 국가보안법 재물로 바치니

경찰 검찰 판사 천연 공안기구 빵빠레 높다

들어라 외침을
분단에 기생하고 외세에 축생하는
FTA, 사드, 국가보안법, 사랑조차 그때
그때 다르다는 들어라 고요한 외침을

부끄럽고 뻔뻔한

국문학을 공부한 것도 아니고
문예창작과를 다닌 것도 아니고
나이가 어린 것도 아닌
시집을 내고 책을 내는
그 뻔뻔함에 부끄러움은 온전히
내 몫이다

구하고 두드리면 열릴 것이라
인공지능 4차 산업혁명이 혁명을 했다
출판사를 끼지 않아도 돈이 없어도
내가 쓴 글을 세상에 내놓을 수 있게
천문이 다가왔다

운동과 혁명이 위선과 가식이 되고
진영만 갖추면 내로남불의 성역을 쌓는

유령시대의 휘날리는 깃발에 비하면
그 뻔뻔함에 부끄러움은 온전히
내 몫이다

위선과 가식에 짱돌을 날리고
내로남불에 화려한 꽃병을 날릴 수 있는

사과탄 지랄탄에 뱀처럼 춤을 추는
그 뻔뻔함에 부끄러움은 온전히
내 몫이다

개미를 밟았다

개미를 밟았다
조심했지만 개미는 밟혔고
나는 아무런 감흥 없이 발걸음을 허공에 올렸다
개미 피를 본 적이 있었나
기억이 없다
지렁이가 길게 몸통을 늘어뜨리고
바싹 말라 납작하게 행위예술을 보여주고 있다
한때 통통하고 오므려 뛰기의 추억이 흔들렸다
방향을 잃은 오므려 뛰기는 끝내 멈추고 말았다
시선이 얼른 튀었다

대영제국에 엘리자베스가 죽었다
매스컴은 지 애미애비라도 되는 양 호들갑이지만
나는 개미 지렁이가 근심이다
개미만큼의 감흥도 작동하지 않았다

제국주의 왕이라는 죗값만 길게 꼬리를 물었다
석양이 식민지 개미의 피로 물들었다

피로 비례한 석양은 아름답다
개미가 되고 지렁이가 되고 셀 수 없는
아름다움 속에 방향을 잃어버린 시선은

기억이 없는 개미 피를 쫓고 있다

바람이 불었다

느낌은 이는 바람을 받았다

싸하고 짠내 나는 복잡한 바람이다
헤일 수 없는 머언 기억이 흔들렸다
멈춰버린 것 같았던 시간은 머언 바람이 되었다
느낌이 되고 시간이 되고 추억이 되었던 바람이
굽이굽이 능선을 타고 넘었다
멀고 가까운 더께의 속삭임 속에 아스라했다

이슬이 이는 바람에 느껴졌다

바람을 타고 사랑과 추억이 흔들리고 있다
인생이 주는 아이러니는 잔인하기 그지없다
흔들리는 바람을 타고 태워야 할 재는 기약이
없다 녹아나는 가슴만 애꿎게

가야만 하는 세월에 바람을 타고 넘어야 한다
머얼리 점점이 가벼운 바람이 인다

바람이 불었고 바람이 되었다

교과서는

교과서에 충실해야 한다 그래서 교과서에 충실했다

비굴하지 않았으며 새치기 하지 않았다
아부하지 않았고 비겁하지 않았다
수십억 자산에 사모펀드 법인카드로 찢기는
돈에 눈 뒤집히지 않았고 권력을 탐하지 않았다
출세와 입신양명에 눈알 부리지 않았다
믿음을 배신하지 않았고 의리를 저버리지 않았다
약자 앞에 정성을 기울였고 강자 앞에 당당했다
사적 인연을 앞세우지 않았고 공공에 충실했다
외세에 빌붙어 민족의 운명을 팔지 않았고
분단된 조국의 운명을 사리사욕에 이용하지 않았다
일신의 영달보다 역사의식에 겸손했고
사회구조와 제도를 바라보는 사상의식으로 인내했다
위선과 가식으로 입을 털지 않았으며

내로남불 정치권력에 놀아나지 않았다
앞과 뒤가 같고 누가 말하지 않아도 도리를 앞세웠다
자본과 권력의 이익을 앞세우기보다 돈 없고 힘없는
사람의 이익, 존엄과 가치를 앞세웠다
민중의 길잡이 민중의 이익을 최우선으로
시선은 철저히 입장과 관점으로 배겨났다

빠와 좀비를 만들고 이용하고 종속하는 유령 세상에서
주권자 풀로서 바라보고 살았다

추하고 더러운 양아치, 쓰레기는 말고 배운 대로 양심대로
메이커 아닌 신발과 옷, 비싼 음식 먹을 수 없고
당일치기 여행도 부담스럽고
가까운 이들에게 생색내는 일은 언감생심이지만

교과서는 살라 했다.

적반하장

아침과 저녁 어디쯤 어스름에서
이승과 저승의 혼탁한 경계 어드메
알 수 없는 불안과 혼돈의 일상에서
부러진 역사의식에 매몰되지 않을 수 있다는 것은
그 얼마나 쉽고도 어려운 일인가

화사하게 바르고 칠하고 교묘하게
한편의 멋진 무대는 분명한데
골목대장 진영이 휘두르는 마구잡이 총칼 속에
생명과 목숨이 찢기고 잘리는 것을

깨시민이니 진보네 왕왕대는
근본을 찾기 어려운 허깨비 소리 요란하고
진영의 세계는 탐스러운 미사여구에도
총칼 완장 찬 놈이 나팔수에 골목대장이라

이승과 저승의 혼탁한 경계 어드메
아침과 저녁 어디쯤 어스름에서
허구한 날 틀고 또 틀어대는 앵무새 울음에
찢어지는 천둥소리 찢긴 번개 경계 사이로
완장 설레발에 탐스런 앵무새 벼락 맞았다

놀고 있네

그 옛날
고구려 백제 신라 시대에도
한민족으로서 통일성이 있었다는데
개인이나 사회나 국가나
신의와 정의는 있거늘
어찌 이 땅의 국정을 책임진다는
거대양당의 것들은 하나같이
신의와 정의를 팔아먹는
좀스런 것들로 넘쳐나는가?
제국주의 외세에 넘치는
아부와 굴종, 비굴과 사바사바라
그러다 남아날 손발이 있으려나
분단 모순이 철천지원수이거늘
어찌 통일과 평화로
외세와 맞짱 뜰 배포가 없는가!

시간이 흐르고 후세는

지금 이 우스꽝스러운 꼴을 뭐라 할까나?

어떤 놈들은

어떤 놈들은 죽어라 싸우다가도
제국주의 외세의 이익에
머리 처박고 충성 경쟁이다
어떤 놈들은 죽일 것처럼 싸우다가도
재벌의 이익을 위해서라면
만면의 미소로 악수로 합의다
어떤 놈들은 죽일 것처럼 싸우다가도
어떤 놈들의 이익을 챙기는 일이라면
거친 포옹으로 사랑을 나눈다
어떤 놈들은 죽어라 싸우다가도
마이크가 꺼지면
형님동생으로 우정을 쌓는다

어떤 놈들을 패 갈라 정성지극
빨아대는 그늘은 깊고

깊은 그늘만큼이나 민중의
삶과 일상은 헬조선이라는
늪.

인형 놀이

자본의 절대를 의심하지 않는
탐욕의 기둥은
끊임없이 인민의 시선을 갖고 노는데
재미다 허깨비 놀음에 놀이터다
미제와 일제의 양잿물로 샤워를 한
그들에게 조선은 그저 권력의 훌륭한 것이다
진정 그들이 무서운 것은
불평등의 헬조선을 뒤엎어
버리겠다는 민중의 차가운 결기다
끊임없이 솟구치는
조선 위협 죽창가 콧노래는 자장가다
친일매국노 갈라치기에 친미매국노는 없다
탐욕이 다른 매국노가 있을 뿐
막스의 자본론 머리 꼭대기에 앉아 있는
화려한 화장빨은 군사로 외교로

누워 떡 먹기 손 안 대고 코 풀기다

자본과 권력 그들이 진정 무서운 것을

가리고 갈라치기에 앞장서는

개돼지 인형 놀이에 술잔을 타고 넘는

상전

삭풍에 눈보라 치고
해가 뜨고 달이 뜨고
자나 깨나 먹고 놀 때
개나 소나 목메어 부르는
역사이거늘
발에 치이는 역사는
어느 집 외양간에 처박혀 있길래
배움도 교훈도 보이질 않는지

고구려 백제 신라
상전을 모시어 세운 허깨비 통일
사랑방 땅덩이에 자위하고
한국 조선
애미애비보다 더한 외세 상전으로
하루가 멀다고 동족을 멸하자는

그놈의 역사는
어느 집 외양간에 처박혀 있길래
배움도 교훈도 사라진 자리에
개나 소나 잡소리만 어지럽다

애간장 타는 전쟁이라

이제 자야겠다
잠자리에 누워드니
허리 수술 무릎 두 쪽 수술
여든넷 잠들지 못할 어머니 생각이
켜켜이 덧댄 시름과 슬픔
어찌해볼 수 없는
여든아홉 아버지 치매 전쟁이라
살날 얼마 남지 않은 늙음에
이 무슨 상상도 못 한 날벼락인가?
아버지 또한 아버지 마음이 아닌 것을
밤새 온몸으로 받아내야 하는
당신 생각하면 안쓰럽고 불쌍하고
그러자니 당신이 먼저 죽을 것 같고
이러지도 저러지도
어찌할 바 모르는 애간장만 속절없이 타누나

이고 지고 살고지고

해는 뜨고 밝은데 사물이 보이지 않는다 하고
달은 보이지 않는데 사물이 밝게 비춘다 하니
만적이 길동이도 울고 갈 일이 아닌가
세종도 이순신도 막스도 레닌도 백석도 동주도
사랑에 울고 웃던 하얀 눈과 소와 모닥불과 소낙비도
웃고 울고 아프고 참담하고 서러워 쓸쓸하니
흩어지고 부서지고 눈보라 비바람에 쓸렸어도
이고 지고 살고지고 가야 할 발자국만 가는 것을

꿈

꿈
꿈을
꿈을 꾸고
꿈을 꾸다 지쳐 벗어 놓은
너도 꾸고
나도 꾸고
꿈을 키우다 내려놓은
동물의 왕국
아니라 훠이훠이 손사래에
먼 산 붉은 노을
길을 내고 길을 가는
꿈을 지고
꿈을 살고

부끄러움 염치 수치는

김수영은 한국 언론자유의 출발은
'김일성만세'
이것을 인정하는 것이라는데

시인이 시를 쓴 지가 60여 년이 흘렀고
3만 불 5천만 명 7대 입국이라는
4차 산업혁명 AI 인공지능 한류 문화에도

여전한 빨갱이 좌우 색깔
양심 사상의 자유를 옥죄는 국가보안법

언론자유를 인정하지 않는
시인 조지훈, 관리 장면 유사 종은 변함없고

분단과 외세의 녹을 먹고 사는

이끼 철판에 윙윙거리는 파렴치한

부끄러움 염치 수치는
글자로만 그릴 수 있는 무기인가보다.

더부살이

눈 하나 틔우는데 천근만근
저승사자는 천근만근으로 내리누르고
전령사는 종일 그림자처럼 붙어
눈 하나 재우는데 천근만근
개똥밭에 굴러도 삶이 낫다는데
그림자를 치우는 길이 진리요 생명이라

인간으로 살고자 하면 할수록
죽어라, 빠르작거려도
농익어가는 하루살이
죽음은 온종일

혹시

내가 바람이라는 생각이 들거든

하루를 살아
하루를 왜 살아야
하루를 산다는 것에 의미는
삶의 이유가 있는 하루살이였는지

내가 바람이라는 생각이 들거든

사랑은 낙엽을 타고

가을입니다
가을이구나 하면 벌써 춥습니다
인간은 기후위기 지구별의 폭탄이 되고 있습니다
그래도 가을이면 설렘과 기대가 한가득입니다
마음은 자꾸만 부푼 그림을 수 놓습니다
그리고 그리고 한참을 그리다보면
낙엽이 떨고 있습니다

떨리는 낙엽에 나는 벌거벗은 몸뚱이로 비춥니다
구속, 억압하지 않으며 지배와 간섭이 없는 사랑
한잔 술에 인생을 나누고 바람과 비에 흔들거리는
시와 문학, 한반도 통일과 인류의 평화를 노래하는
웃음에 눈물지으며
추억과 AI 미래를 상상하고
죽음이 자연스러운 인과인 것을

각자의 시공간 속에서
텔레파시가 찌릿하고 울릴 때면
위로와 기대, 사람 냄새를 호흡할 수 있는
가을이 가기 전에 또 다르게 다가올 가을에
이 사랑을 두드리며 노래하는 설레임으로

낙엽에 흰 눈사람을 굴려 봅니다.

만 원의 행복

아름다운 전통으로 회자하고
계승되어 전래의 귀한 설화가
민망해지고 불쌍해지고 있다는
주머니 헐거운 1/n
만원이면 행복했는데
당장에 소주가 거품을 물고
뒤따라 순댓국 해장국 삼겹살 치킨조차
모조리 천장을 뚫어버리고
2022년 색바래 뒹구는 만원
한층 스산해진 뒷골목 구석은 떨리고
붉으락푸르락 뒹구는 낙엽 너머
만 원의 행복은 길을 헤매고 있다

그렇다면 그렇게 하자

대를 위해 소를 희생해야 하고
소수를 짓밟는 힘이 민주주의라면

아름다운 별, 지구를 위해
인간이라는 종을 모조리 참하는 것은 어떤가

바람이 가는

어느 술집 졸고 있는 벽면에
벗어 봐야 안다며 꾸벅거리고

사람의 눈은 두 개일 수도
하나일 수도
아닐 수도

벽면 너머 알 수 있는
안 벗어도 보이는
바람이 스치우고 있다

사랑을 노래하고 싶습니다

나는 당신의 행동이나 생각을 구속하고 억압하는 일이 없기를
바랍니다
내가 당신의 감정이나 욕망을 억누르는 일이 없기를 바랍니다
내가 나의 뜻이나 규칙대로 당신을 지배하거나 복종시키는 일
이 없기를 바랍니다
내가 당신에게 불편부당하게 참견하는 일이 없기를 바랍니다
나는 당신과 같은 바람으로 스치웁니다
좀 더 일찍 이리 다스리고 추스를 수 있었다면 참 좋았으련만
이 또한 묵어야 하는 거친 세월의 더께입니다
늦었지만 이해와 공감, 위로와 평안으로 당신과 나, 나와 당신
의 사랑을 노래하고 싶습니다

셋,

최동원이 못다 부른 노래

선수로 인간으로
꿈과 희망을 노래한 아름다운 사랑
야구공 하나에 희생과 진심을 노래한 사랑

경남고 2학년 17이닝 노히트노런에
3일 연속 등판한 결승전 완봉으로 우승을 안긴 무쇠팔

1977년 대학 입학과 국가대표, 바로
에이스로 활약하며 '슈퍼월드컵 세계야구선수권 대회' 우승

프로야구 1984년 100 경기중에 52 경기에 등판
그해 한국시리즈 7경기 중 5경기에 등판하여 40이닝
4승 1패 평균자책점 1.80, 완투 4회 시리즈 우승
철인으로 불리며 최동원이 남긴 불멸의 기록

우승한 철인 강심장은 "그냥 자고 싶어요."
1988년 9월 한국야구 최초의 선수협회 결성을 노래한 사랑

- "몇몇 스타 선수들은 높은 연봉과 계약금을 받고 혜택을 누리지만, 그 뒤에 프로야구 유니폼을 입고 서 있는 선수들이 더 많다. 야구는 단체운동이다. 덕아웃과 2군에 있는 선수들의 도움이 있었기 때문에 저도 제 이름 석 자를 얻을 수 있었던 것이다." "그런데 스타가 아닌 선수들의 연봉은 말도 못 한다. 생계유지는 하고 나와야 그라운드에서 힘을 쏟아부을 수 있고, 그래야 프로야구 선수라는 이름을 얻을 수 있는 것"-

- 재벌에 미운털이 박힌 최동원은 1988년 선수협 주동자들과 함께 롯데에서 라이벌 삼성으로 보복성 트레이드됐다. 평생 고향 팀으로 생각했던 부산에서 내쳐졌다는 정신적 충격과 극심한 혹사의 후유증까지 겹친 최동원은 트레이드 2년 뒤인 32살의 나이에 조용히 현역 유니폼을 벗었다. 한 시대를 풍미한 전설의 대투수였지만 은퇴식조차 없었던 초라한 마무리였다. -

그라운드에서 '별'을 쫓고 사랑을 노래한 야구공

길을 밝혀주고 꿈이 되어주는 별을 꿈꾼 사랑
별을 쫓는 사람들을 응원하고 노래한 별이고자 한 사랑

최고의 선수이며 스타의 자리에 머물지 않았던
– 돈과 권력에 미쳐 돌아가는 위선과 가식의 시대에 –
재벌과 지역감정에 당당했던

사회적 약자가 살아낼 수 있는
자본주의의 소외된 그늘에 맞섰던
최동원은 2011년 9월 14일 53세로 별이 되었다
"너 때문에 엄마는 너무 행복했다. 내 아들로 태어나줘서 고
맙다"

하늘에 별은 많다
그는 땅에 별을 노래한 사랑으로 내 곁에 남았다

따라 걸었습니다

걸었습니다
따라 걸었습니다
비가 들썩이고
당신도 따라 들썩입니다.
흩날리는 눈을 따라
당신도 따라 흩날립니다
그 사이 어디쯤
하늘이 열립니다
바람이 흔들리고
구름이 폭포수가 되는
그 사이로
별이 떨어지고
달이 떨어지고
하늘이 눈물에 나고
눈물이 하늘에 담겼습니다

당신이 따라 담겼습니다
사랑이 따라 걸었습니다

전철에서

세상을 노래하던 동지들을 만나고
좋아하는 사람과 술에 영혼은 하늘거린다
늦은 시각 전철에 사람은 붐비지 않고
사람들로 꽉 차지 않은 전철은 꾸지람을 타고 있다
찰나에 옷깃을 스치운 사랑은 바람에 지치우고
미련 곰탱이로 재수 없는 넋두리로 세상은 흔들리우고 있다
어느덧 꾸벅꾸벅 졸던 전철은 땅속을 뒤집고
언제나 철들지 알 수 없는 지하철은 모르쇠로 입을 닫고 있다

재앙

무심히 스치우는 바람에
꼬리치는 송사리는 예쁘고
바람 따라 살랑살랑
몸을 내맡긴 구름은 한가로우니

이 좋은 풍경에도
평안과 쉼을 가질 수 없다
못난 것 못된 것들의
졸렬하고 더러운 난동이 요란하니

푸른 집이 무슨 죄가 있으며
용산 대통령실이 무슨 죄가 있으랴

하늘이 되는 풀은 간 곳 없고
추악한 개싸움에 밤낮이 새고지고

그에 춤추며 널뛰는 좀비 놀이에
풍경이고 시름이고 재앙이니

흑묘 백묘 놀음에 그을린 좀비 놀음에
언제까지

하늘은 바람에 날리고

하늘은 바람에 날리고
그 어디쯤 엽서가 하늘을 가리울 때
푸른 은행잎이 숨을 쉬지 못하고 떨어졌다

아무런 표정이 없는 그는 걸었다
무심한 그는 백지장 같고 도인 같았다
그저 걷는 일이 전부인 것처럼 보였다

숨을 쉴 수 없는 바람이 뒤를 따랐다
바람에 날리는 엽서는 얼핏 이태원 그리고
할로윈이라는 글자를 보여주었다

그저 재미있는 시간을 축제를
그게 전부였다
숨을 쉴 수 없는 바람이 뒤를 따랐다

떨어지고 끼이고 찢어지고 불타고 무너지고
천재지변도 전쟁도 아닌데
너무나 많은 하늘이 쉽게 떨어진다

하늘은 작은 해방의 틈새마저도

가질 수 없는 바람인가 보다
숨을 쉴 수 없는 바람이 뒤를 따랐다

미친 듯이 일하고 미친 듯이 놀아야만 하는
등 떠미는 하늘에 바람에
숨을 쉴 수 없는 바람 뒤로 푸른 잎이 길게 따랐다

10.29 그날

이태원... 애들 이상 없지?
연락이 없는 것 보니 이상이 없는 것 같아
전화해봐, 아니 전화하지 못했다

무서웠다
전화를 받아도 받지 않아도
소름이 돋았다
무서움이 돋았다

죽음이 어떻게 이럴 수가
피워보지도 못한 일상이
무너지는데, 줏대 없는 천민멍텅구리여
아, 헬조선의 배부른 멍텅구리여

그날 머리를 풀어 헤친 눈물이 종일 널뛰었다

까

까,

나팔 소리 울리면 우리는 모두 까는 데 여념이 없다

까는 더럽게 시끄럽고 요란하다

그저 무조건 까면 되기 때문이다

까의 특징은 빠이거나 좀비로 진화이다.

초록이 동색이라고

내빼는 꽁무니조차 비슷하지만

그들의 일과는 죽어라 까대는 것이 전부다

보수라 하기도 민망한 것들을 진보 좌파 빨갱이라 까대고

명백히 수구매국노인 것들을 보수라 까대고

까는 것들에게 언어는 의미를 잃은 지 오래다

영혼은 사라지고 물찬 주름만 그득한 일상은

가공할 무기들을 장착한 채로 오늘도 선두에서 죽어가고 있다

까, 까, 까, 까

까도 아닌 붉은 노을에 까마귀 그림자가 짙다.

아무래도 미친 것 같다

아무래도 내가 미친 것 같다

뉴스에 울고 사연에 울고 우는 사람에 울고 생각하면 울고

그러다가 실실대고 허허대고 웃어대고

또 그러다가 눈치를 살핀다

마치 내 마음에 해서는 안 될 어떤 것이 나를

계속해 재단하고 있다

숟가락을 뜨다가도 멈칫거리고

잠을 자려다가도 쭈뼛대고

소소한 일상에도 점검이 이어지고 있다

살아가고 살아내야 하는 모든 것들에

회한과 시름이 배이고

노여움과 분노가 치밀다가

자책과 서러움에 한참을 밀리고 있다

이태원에 놀러 갔을 뿐인데 나는

내장이 멍들고 파열되고 숨을 쉬지 못하고 죽었다

국가라는 이름에 자본과 권력은 탑 쌓기에 바쁘다
애초에 국가는 인민의 희생과 죽음의 울타리일 수 있다
인간이 인간으로 사는 일은 너무 많은 용기를
요구한다 아무래도 나는 미치는 것 같다
미치지 않으려고 숨을 쉬어야 하는
일상은 차라리 죽음으로 비극이 아닐 수 있다

정희성의 말 그렇게

시가 입으로 간 자
저마다 떠드는 세상이라서
나는 오랫동안 더욱 떠들어 대는 버릇을 들이다가
말하는 신기와 재미에 들뜨고
그렇게 마음 가는 대로
마침내는 시를 쓰고 또 쓰고
시인이 시도 쓰고 말도 떠벌리면
무엇에 쓰겠냐고 좀비가 혀를 차는 바람에
그도 그렇겠다 싶어 원고지 앞에 다시 앉으니
도무지 말이 신기하고 재미가 신선이라도 되는 양
재미나고 세월 가는 줄 모르고 나대다가
나는 그 말에 맞아 원고지에 푹 박고 흘렀다

종로가 때깔 나는 이유는

동대문에서 종각역으로 종각역에서 동대문으로
2.5킬로미터 정도 되는 길에는
많다. 참 많다. 이것저것 많다. 신기한 것이 많다.
사람도 많고 가게도 많고 약국도 많고 금은다이아몬드도 많
다.

세계문화유산 종묘는 아름답다 그 아름다움 한편에
열두 달은 씻지 않은 몰골에 일 년은 빨지 않은 옷을
둘러친 이 씨가 침낭 속에 폭 구겨져 있다
왕의 기운과 정신이 그 사람을 지켜주느라 바쁘고

3.1혁명의 정신이 뿜어져 나오는 초췌한 탑골공원
맨땅에는 장수막걸리와 반쯤 담긴 종이컵
지신에게 시주하듯 흐르는 막걸리의 흔적 그리고
사람을 등지고 누운 얼굴조차 파묻은 김 씨가 있다

아직 기운이 남은 한 씨, 국 씨는 열두 달의 살림살이에
업혀 종로를 걷는다 앞서가는 여인도 업혀 흐르고
수없이 많은 사람 속에 특별히 아름다운 그들은 빛나고
알 수 없는 때깔로
아름다운 서울공화국

종로에는 아름다움이 활력이 무지개 사과나무가 넘치고
수많은 길이 반쯤 감긴 채 횡단보도를 지우고

아름다운 낙엽을 덮은 그들의 인생을 채우고 있다
덕지덕지 추적추적 절묘한 세상의 풍경을 그리면서

김춘수의 기념비적 꽃

내가 그의 이름을 불러 주기 전에는
그는 다만
하나의 몸짓에 지나지 않았다.

내가 그의 이름을 불러 주었을 때
님은 나에게로 와서
선구자요 개척자가 되었다.

내가 그의 이름을 불러 준 것처럼
나의 이 빛깔과 향기에 알맞은

누가 나의 이름을 불러 다오.
겨레의 빛 역사의 소금이 불러준다면
그의 기념비적 쾌거가 되고 싶다.

우리는 모두
역사의 소금이 되고 싶다.
나는 너에게 일해는 춘수에게
죽어도 잊히지 않는 하나의 꽃이 되었다.

소리

7080 노래 가사에 리듬을 타는 소리
톡톡톡 손톱 발톱이 잘려 나가는 소리

숨소리조차 고요를 타고넘는 소리
잘려 나가는 소리 그 어디쯤 들리는 소리

아득한 날 손톱 발톱을 잘라주던 소리
세월이 부끄러워 차마 쉬이 못 하던 소리

모양성 고창천 동호해수욕장 소리
가난해 못 배워 서러워 한이 되던 소리

요양원 차네, 요양원에 나를 던져두고 가냐는 소리
하늘도 땅도 바람도 서러워하던 소리

차마 마음대로 우짖지 못하는 소리
가슴을 타고 흐르는 애끓는 소리

어떤 모임

자본권력 코로나 백신 토악질에
삼 년 상을 채웠으니 2022년 12월은 만나야 한다고

영종도 인천 친구를 생각하니 구로가 좋겠고
화성 평택 친구를 생각하니 사당이 좋겠고
하남 친구를 생각하니 천호가 좋겠고
그 멀리 여주 친구는 교통편 가늠이 어렵고
도봉 은평이나 서울 친구들은 어디라도 좋다
애써 아량을 베푼 곳조차 먼 거리인 것을
멀리 찾는 친구가 고맙고 미안한 마음이 한 덩어리
인생사 뭐 하나 쉽지 않으니
하얗게 세운 사연은 저리지만 만남은 늘 그 앞에 놓여 있다

누런 콧물 훌쩍 삼키고 훈장이라도 되는 양 손수건 달고
고무신 낡은 운동화 책가방에 웃음만큼은 세상을 다 가졌던

몇 곱절 세월에 한두 번씩 만나고 소식이 끊긴 친구들은
건강하기만을 비는 맞닿은 손이 있으니

늘그막 사랑은

세상이 염려하고 두려워하듯이 헤어질 수도 있습니다.
그것이 두려 울라치면 사는 것에 의미가 뭐 있겠습니까.
나는 헤어짐을 상상합니다.
헤어짐보다 뜨거운 사랑을 그리워합니다.
상상 그 이상에도 흥분으로 가득 찬 전율입니다.
부르면 앞에 서고 머리를 맞대고 세상을 바르고 싶습니다.
노련함과 원숙함에도 흥분으로 가득 찬 전율입니다.
어떤 것을 요구하지 않습니다.
사랑이라는 사람, 사람이라는 사랑 그뿐입니다.
사랑다운 사랑만이 욕심입니다.
바람이 바람으로 살아갑니다.
사랑이 사랑으로 살아갑니다.
묵묵히, 나란히, 그냥 그렇게,
하루가 한창입니다.
자체 발광하는 별이 빛나고 있습니다.

당신에 놓인 사랑

당신의 선한 눈매
당신의 붉은 입술

가슴에 놓인 당신
당신에 놓인 심장

바람을 타는 당신
당신을 타는 바람

붉은 우리 사랑은

밤이 너무 길었습니다

아침 찬바람을 꾹꾹 눌러 담았습니다
코끝이 찡하고 귀가 얼얼합니다
무심히 내딛는 걸음 사이로
깊게 깊게 누르고 눌러 담았습니다

밤이 너무 길었습니다
길어서 홍수에 가뭄에 눈발에
하늘땅 어지러이 갈라 터졌습니다
밤은 왜 길어서 슬픔을 채웠을까요

꾸역꾸역 집어넣는 생명에
울컥 하늘을 쏟을 뻔했습니다
바람이 붑니다 바람이 흐릅니다
그 밤, 온전히 바람으로 채웠습니다

결국은

바람이 바람을 부르는데 억겁의 인연보다 더한 바람인데 바람이 좀처럼 스치지 않습니다 바람이 울어댑니다 나무라고 빛을 내고 치장하고 멋을 내지만 그 모든 것이 바람이지 않을 수 있다고 합니다 바람은 다시금 울어봅니다 이 또한 고단한 세상의 모습이라고 바람은 부는 것이고 부는 바람 속에서 나무는 선망하는 모습은 자연스러운 바람이라고.

바람이 가끔은 아찔합니다 아픈 바람에 천둥 번개가 치고 거센 폭풍우에 정신을 놓기도 합니다 고통이고 절규입니다 어지러운 중에 아득히 정신을 차리는 모습 또한 바람입니다 바람은 그 모든 바람의 속설을 인정하고 싶지 않습니다 거부하고 싶습니다 속설이 정설이 된다면 바람이 바람을 살아내는 것은 너무 슬프고 아픈 일이기 때문입니다.

바람은 그렇고 그런 것이라고 위로와 평안을 가지다가도 때아

닌 눈발에 바람을 내려놓고 망연자실하는 자신을 발견합니다
바람은 수억 년의 체세포와 그 속에 단련된 온갖 내공과 도를
닦았음에도 때때로 이 작은 바람에 가슴을 찢으며 거친 폭포
속에 잠겨 버립니다 언제인가 그 모든 걸 다 끌어안고 스치우
는 바람에 빛나는 행복을 닦습니다 바람이 일렁입니다

사랑이 하네요

살아 있어 사랑도 있습니다
죽어서 무슨 사랑이 있으리요
죽음이 멀고도 먼 별나라 이야기처럼 혼미하지만
은하수처럼 쏟아지는 일이기에
그저 잠시나마 사랑이 피하기라도 하면
그때는 내가 아닌 별인 게지요
만지고 느낄 수 없는, 격렬히 부딪쳐 녹아내린 입술이
파리한 당신 숨결로
사랑이 하네요

눈길을 걸으며

뿌드득 뽀드득 빠드득
발걸음에 경쾌한 리듬이

빠드득 빠드득 빠드득
어느 순간 이가 부서져라 빠드득

세계 인민의 흡혈귀 제국주의 것들
헬조선의 이명박근혜문재인윤석열의 것들

세계 피압박 민중이여 단결하라
대놓고 우롱하는 정의진보노동 분열의 표상들

하얀 발자국마다 빠드득 빠드득 빠드득
하얗게 갈아엎어 버릴 아름다운 하모니

진심

하늘, 하늘거리는 뽀오얀 바람을 타고, 이런 말이 하늘 너머 가득 채워졌습니다. 이런 말을 하고, 이런 말을 들을 수 있고, 이런 말을 나눌 수 있고, 말은 꽉 찬 떨림과 느낌으로 하늘을 터지게 하고, 바람은 아름다워집니다. 진~짜 축하하고요. 태어나 줘~서 고마워요. 너~무, 진~짜 힘들었을 텐데. 그동안 삶이. 이 말도 안 되는 이런 탐욕스러운 세상에서, 웃음 잃지 않고 다른 사람에게 웃음 줄 수 있는 아름다운 그 웃음으로 옆에 있어 줘서 고마워요. 사랑해요. 지치지도 말고, 아프지도 말고. 해가 따숩고 달과 별이 수줍은 모습으로 빛날 때, 나는 당신으로 새삼 바람이 되고, 용기 내는 삶의 바람이었음을, 별과 달과 구름이 바람에 안기었습니다

「바람 너머 당신」에 대한

박정근(문학박사, 황야문학 발행인, 평론가, 작가)

강현만 시인이 드디어 세 번째 시집을 출간하게 되었다. 아마도 이번 시집은 그를 서슴없이 시인이라고 부르게 하는 시점이 되리라고 본다. 그를 처음 어느 술집에서 만났을 때 보여준 인상은 세상을 향해 울분을 쏟아놓는 운동가가 무언가 탈출구를 찾기 위해 변신을 꿈꾸는 문학도의 모습이었다. 그 당시 강현만은 소설가가 되기 위해 문학을 공부하고 있다고 자신을 소개했다. 그런데 몇 해가 지난 모임에서 만난 그는 시집을 불쑥 내밀었다. 사실 필자는 그의 변신과 파격을 보고 깜짝 놀랐다. 그는 시를 문예지에 보내어 소위 등단하려고 하는 절차를 무시하고 통상의 문단 방식이 아닌 자기만의 방식으로 작품을 발표했다.

강현만은 문학이란 삶을 살아가는 인간의 이야기를 진솔하게

재현하는 것이므로 학문적인 접근은 불필요하다고 본다. 그에게 국문학이나 문예 창작을 공부하지 않았다고 해서 시를 쓰지 못한다는 속물적 접근은 어불성설일 수 있다. 오히려 허위적 삶을 꿰뚫어 볼 수 있는 진정한 깨달음이 문학의 문을 여는 열쇠일 수 있다고 본다. 인생의 쓴맛과 단맛을 체험한 자가 책상물림의 학자보다 더 삶의 실존을 말할 수 있다는 자신감이 시인에게 창작의 동기를 주었으리라. 그는 다소 세상의 학벌주의를 비웃듯이 자기 창작의 정당성을 토로한다.

국문학을 공부한 것도 아니고
문예창작과를 다닌 것도 아니고
나이가 어린 것도 아닌
시집을 내고 책을 내는
그 뻔뻔함에 부끄러움은 온전히
내 몫이다
　　　　　　　　　〈〈부끄럽고 뻔뻔한〉 부분)

필자는 강현만 시인의 세 번째 시집의 원고를 읽고 그의 시가 갈수록 단단해지고 있다는 느낌을 받았다. 그는 소위 노동자 시인이고 운동권 시인이다. 그렇다고 세상을 향하여 분노만 품어대는 시인은 아니다. 세상에 대한 날카로운 관찰력의 현미경을 들이대고 병적 증상에 대해서 진단하고 있다. 시인은 세상의 부조리와 부정의에 분노하여 광야로 나와서 신에게 포효하는 예언자 같다. 그는 결코 개인적인 복을 추구하거나 개인적인 한을 해결하려고 시를 쓰지 않는다. 그래서 시인은 현재 처해 있는 경제적 어려움에 대해 감상적인 한을 품어대는 감정팔이가 되어서는 안 된다. 그는 사회적 모순에 대해 자신이 취하고 있는 자세에 대해서 비판적인 관점을 가질 줄 아는 이성적 존재이기도 하다.

플라톤은 시인에 대해서 혹평을 한 철학가로 알려져 있다. 시인은 하늘이 준 영감으로 생각 없이 읊어대는 존재이므로 철학자처럼 이성으로 국가를 통치하기 위해서 공화국에서 추방해야 한다고 주장했다. 플라톤의 관점에서 보면 강현만 시인은 그의 부정적 범주에서 벗어난다. 강현만은 사회와 자신에 대해서 객관적 관점을 가지고 감정과 이성을 적절하게 조율하면서 나름의 노래를 하고 있기 때문이다.

혁명의 깃발을 들고 세상의 부조리를 쳐부수고 싶은 의지를 보여주는 측면에서 강현만은 혁명가적 시인이라고 분류할 수 있다. 하지만 그렇다고 그는 1980년대에 풍미했던 프로파간다의 선동시를 쓰는 시인이 아니다. 혁명을 위한 행동을 감행하지 못하고 하루의 생존을 걱정하는 실존적 인간으로서 고민하는 모습을 시로 솔직하게 노래하기를 마다하지 않는다. 그는 자신의 소시민적 삶을 자책하고 있다.

알 수 없는 시간의 한 토막을
지나기 위해
뻥 뚫린 초췌한 별의 끝을 붙들고
술기운으로 채워 넣은
삭 너머 희망의 하루
소심한 용기가 펄럭이고 있다
〈〈소심한 하루〉 부분〉

그는 시인으로서 대의를 위해 몸을 던지지 못하고 하루의 삶을 걱정하는 소시민적 삶을 자책한다. 세상의 정의를 위해 몸을 던지는 예언자적 삶을 온전하게 살아가지 못하는 자신에게 냉소의 시선을 던지는 것이다.

강현만은 결코 냉소나 자책만으로 삶의 궤적을 그리지 않는다. 인간은 권력에 의해서 왜곡된 삶을 체념하고 순응하는 것으로 존재적 존엄을 유지할 수 없다고 자각한다. 비록 경제적 어려움이 현상적 삶을 소시민적으로 몰아간다고 하더라도 정신만은 인간으로서 마땅한 가치를 추구해야 한다고 믿는다. 그리고 그는 공동체의 민주주의를 위해서 목숨을 바친 선각자들의 희생을 잊지 않는다. 공동체의 정의를 확립하기 위해 선각자들은 민주주의의 제단 위에 피를 흘리지 않았던가. 강현만은 인간의 존엄을 지키는 선각자들을 다시 한국 사회에 소환하기 위해 시를 쓰고자 한다고 밝히고 있다.

인간은 인간으로 존엄과 가치이므로
세상 모든 구속과 억압 지배의 사슬을 끊어내기 위해
사랑하고 죽어간 이들이 있기에
나는 살아있으니 사랑을 노래한다고 했다.
　　　　　　　　〈〈오늘 하루를 포도시 살아내는 용기〉 부분)

그는 자신이 시인이 되어야 하는 이유로서 광야에서 세상의 부조리를 비판하며 포효하는 예언자적 사명이라고 토로하고 있다고 본다.

하지만 강현만이 처해 있는 상황은 만만치 않다. 세상의 거대한 악에 비해서 시인은 그야말로 빈약하기 짝이 없다. 자본주의는 모든 인간의 존엄과 가치를 땅바닥에 내팽개친 지 오래다. 그저 거대한 기계를 움직이는 톱니바퀴로 전락한 인간은 자본과 기계 앞에 하찮은 소모품에 불과하다. 신의 경지에 오르기 위해 밀랍의 날개를 달고 하늘로 솟구치는 용기를 가졌던 이카루스의 후예가 아니었던가. 이제 인간은 하늘에서 바닥으로 떨어져 날개가 부러진 존재일 뿐이다. 이러한 인간에게는 꿈과 희망이 존재할 수 없다. 대신 그에게 각종 정신병에 대한 진단서와 처방전만이 날아온다. 공황장애, 우울증, 이인증, 정신증의 증세가 바로 인간의 현주소를 보여줄 뿐이다. 그러나 기억의 저편에 이카루스의 꿈이 살아남아 있지 않은가. 감히 신과 맞짱을 뜨자고 덤볐던 만용이 아직 꿈틀거리고 있다. 설혹 그것이 인간의 과대망상증의 증상이라고 하더라도 지금의 형편없는 전락을 극복할 수 있는 작은 빌미는 될 수 있으리라.

세상이 건넨 공황장애 우울증 이인증 정신증
넘어져도 포기할 수 없는 바람이기에
내가 세상의 주인공이고 최고라 믿으며
바람 불며 가는 반반의 약

살기에 사는 절대 아닌 절대를 두드리면서
　　　　　　　　　（〈청춘 너무 아픈데 아플 수 없는〉 부분）

문제는 거대한 악이란 단지 단위적 사회에 그치지 않고 전 세계를 자신들의 이해관계의 방정식으로 주무르려고 획책하는 미국, 중국, 러시아를 중심으로 한 제국주의가 버티고 있다. 그들의 통치 방식에 어긋나는 존재들은 어느 국가나 인종이든 파멸의 깃발을 꽂고 핵을 비롯한 대량의 살상 무기로 위협한다. 요즘 벌어지고 있는 우크라이나 전쟁이 대표적이다. 수십만에서 수백만의 인간이 죽어간다고 해서 조금의 연민의 눈길을 돌리지 않는다. 한반도는 구한말 이래로 열강의 손아귀에 민족의 운명이 좌지우지되는 비극 에서 벗어나지 못하고 있다. 일부 이권에 개입된 극우주의자들은 다수 민족의 고통에 눈을 감을 뿐이다. 지금의 물질적 행복을 누릴 수 있다면 조국의 분단 정도는 안중에도 없다. 하지만 강현만은 시인으로서 거대 악에 대해 삿대질이라도 하며 저항의 몸짓을 하고 있다. 그것의 가시적 효과가 없다고 하더라도 시인이라면 고통스럽게 노래해야 하는 것이다.

들어라 외침을
분단에 기생하고 외세에 축생하는
FTA, 사드, 국가보안법. 사랑조차 그때
그때 다르다는 들어라 고요한 외침을
　　　　　　　　　(〈FTA와 사드와 국가보안법〉 부분)

사실 역사의 발전에 대해서 긍정과 부정의 시각이 있다. 물론 한국의 경우 이승만과 박정희의 독재와 전두환과 노태우의 군사독재 시대를 벗어나기 위한 민중의 민주화운동으로 인해 많은 변화가 있었던 것은 사실이다. 하지만 조국 분단의 문제는 한 발자국도 진전하지 못했다는 자괴감을 피할 수 없다. 한국전쟁의 당사자인 남한과 북한은 아직도 정전협정조차 자의적으로 해결할 수 없는 상황이다. 도대체 민중들의 피땀으로 이뤄낸 민주화가 민족의 염원인 분단극복에 아무런 변화를 일으킬 수 없다면 한국의 역사가 발전하였다고 할 수 있단 말인가. 미국은 한국의 곳곳에 미군기지를 만들어 중국을 견제하는 전진기지로 활용하려는 제국주의적 전략을 숨기지 않고 있다. 윤석열 정권은 안보와 경제 분야에서 미국의 팔에 매달려 일방적으로 미국의 편에 서서 거수기 노릇을 하고 있다. 김대중, 노무현, 문재인 정권에서 진전시켰던 남북화해의 분위기는 이명박, 박근혜, 윤석열 정권의 냉전논리에 의해서 한순간에 무너져 퇴행의 모습을 보여주고 있다. 강현만은 이러한 민족모순에 대해 시를 통해 강한 분노를 나타내고 있다.

제국주의 외세에 넘치는
아부와 굴종, 비굴과 사바사바라
그러다 남아날 손발이 있으려나
분단 모순이 철천지원수이거늘
어찌 통일과 평화로
외세와 맞짱 뜰 배포가 없는가!
시간이 흐르고 후세는
지금 이 우스꽝스러운 꼴을 뭐라 할까나?

(〈놓고 있네〉 부분)

강현만은 묻는다. 과연 한국 사회에 목숨을 걸고 일제에 저항하며 싸우던 결기가 남아있는가. 불행하게도 그 질문에 대한 답은 부정적이다. 한국 사회의 곳곳에 민족의 정기를 바로 세우려고 하던 조상들의 핏발 어린 눈빛이 보이지 않는다. 시인은 패배주의적 현상이 잘 드러나고 있는 곳으로 탑골공원을 지목한다. 추상같이 독립의 정신을 내뿜었던 선조들은 어디 가고 자조적인 노인들의 흔적만 남아있는 곳이다. 김구, 안중근, 윤봉길, 이봉창으로 이어지는 제국주의에 대한 저항정신은 사라지고 미국과 일본의 제국주의를 국가의 안전판으로 알고 의존하려는 사대주의가 판을 치고 있다. 바람 앞에 서 있는 촛불 같은 비극의 무대였던 시절에도 굴하지 않고 싸웠던 투사들의 목소리는 사라지고 없다. 대신 갈 곳 없어 서성이는 노인들이 자위하느라 마시던 막걸릿병과 컵 그리고 그 자국들이 땅바닥을 어지럽히고 있다. 그리고 소리 높여 독립을 외치던 열사는 소리 없는 조각이 되어 서 있다. 그 옆에는 사회에서 완전하게 소외된 노숙자가 주검처럼 누워 있을 뿐이다.

> 3.1혁명의 정신이 뿜어져 나오는 초췌한 탑골공원은
> 맨땅에는 장수막걸리와 먹다 만 막걸리를 담은 종이컵
> 지신에게 시주하듯 흐르는 막걸리의 흔적 그리고
> 사람을 등지고 누운 얼굴조차 파묻은 김씨가 있다

(<종로가 때깔 나는 이유는> 부분)

강현만은 젊은 세월을 사회 부정의를 비판하는 투쟁으로 살아왔지만, 그에게 따뜻한 연민이 없는 것은 아니다. 살아온 세월만큼이나 두터워진 설움과 사랑의 자국들이 있다. 동지들과 자신이 살아온 삶의 나무에 차갑게 불어오던 차가운 북풍한설의 고통이 상처가 되어 딱지처럼 덕지덕지 붙어있다. 세월의 햇볕과 한풍으로

검게 그을린 나무껍질은 거칠게 느껴지기만 한다. 하지만 상처 조각을 쓰다듬듯 나무껍질 조각을 바라본다. 상처투성이로 쓰러진 투사의 삶을 가슴에 안는 시인의 모습을 떠올린다.

내가 사랑한 나무는 두터운 상처 껍데기
봄여름가을 지난 세월이 서러워
껍데기 조각조각 상처를 싸안았을까

김수영이 말했듯이 술을 마시든 투쟁의 구호를 외치든 사랑이 없으면 그 행위는 휴머니티를 상실하고 무의미해진다. 바로 투쟁에 사랑을 불어넣는 작업이 바로 시인이 밤늦도록 불을 밝히며 시를 쓰는 행위이다. 허리가 잘린 조국, 패배자가 되어 탑골공원에 누워있는 노숙자, 고공투쟁을 하며 단식하는 노동자, 그들이 피곤에 지쳐 마시다 흘린 막걸리 자국이 모두 거칠거칠한 나무껍질이다.

쓸쓸한 중에도 한 줄기 바람은
바람 너머 당신만 바라보고
봄여름가을겨울 헤일 수 없는 세월이 서러워
껍데기 조각조각 상처를 덧대었을까
                              (〈바람 너머 당신〉 부분)

강현만의 이번 시집은 세상에 대한 울분만을 쏟아내는 투사의 입장뿐만 아니라 그들이 살아온 삶에 대해서 사랑과 연민의 시선을 던지고 있다는 점에서 매우 유의미하다. 늙어가는 투사의 시가 거친 구호에서 민중들의 상처를 보듬는 시로 발전하는 계기가 되었다고 확신한다. 세 번째 시집 「바람 너머 당신」이 출간됨으로써 강현만이 민주화운동과 노동 운동에 힘이 되고, 시 쓰는 작업에 더욱 박차를 가할 수 있기를 바란다.

시인의 말

꿈틀거리며 쓴다. 우주의 생태계로부터 사람이라는 관계망 속에 놓여 있다. 비교할 수 없는 찰나의 불나방 같은 인생이지만 그 인생이 또 우주를 담고 토해낸다. 불나방은 자존심이다. 돈과 권력에 찌든 위선과 가식의 가면이 넘실댄다. 부끄럽고 염치없는 내로남불의 삶은 끔찍한 것이다.

집도 없고, 차도 없고, 기술도 없고, 학벌도 없고, 돈도 없다. 아부하지 않고, 비굴하지 않았다. 위보다는 아래와 더불어 살았다. 아득히 어린 날 착하게 살겠다고 준비한 날로부터, 하느님을 믿는다고 할 때도, 세상을 바꾸는 운동권의 삶을 살기로 결심할 때부터 주어진 운명이다. 계급사회에서 인생은 고행이다. 내가 선택한 삶이기에 주어진 고행이 고행으로 진화해서는 안 된다. 이겨내야 하고, 드러내야 한다. 사람의 존엄과 가치가 결코 지배 사슬의 포로가 될 수 없음을. 꿈틀거림이 충분히 행복할 수 있다는 사실을. 위선과 가식, 탐욕이 이웃과 민중의 불행으로 작동하지 말아야 한다. 꿈틀거리고 쓰고 일상의 재미로 에너지가 흐른다. 세상의 모든 차별을 구속하며 "바람 너머 당신"으로 시원하다.

바람 너머 당신

초판발행 2023년 8월 2일

지 은 이 강현만
펴 낸 이 강현만
펴 낸 곳 덤이
출판등록 2021년 6월 16일(번호738-90-01459)
주   소 01463)서울시 도봉구 도봉로104길130, 제103호
전   화 010-7925-2058
이 메 일 kanghm21@hanmail.net

ISBN 979-11-975097-9-7
값 10,000원
ⓒ 덤 2023

♣ 덤이 출간

1. 강현만 시집 『덤』
2. 이정예 지음 『아들에게 보내는 로망』
3. 손근희 외 지음 『금빛수다』
4. 강현만 지음 『어쩌다 좀비시대』
5. 강현만 시집 『헬조선의 민낯』
6. 정현덕 시집 『사랑하는 이에게』
7. 강현만 지음 『나는 어떻게 살 것인가』
8. 이문상 지음 『마인드맵 한자갈래사전 – 소개 편』
9. 이문상 지음 『3급 한자 1800 부수로 쪼개기』
10. 강현만 시집 『바람 너머 당신』